KB145629

찻물 끓는 소리

이재용 시집

茶포 이야기

黃金有價 – 황금은 그 가치를 돈으로 환산할 수 있지만

人情無價 – 인정은 그 가치를 돈으로 환산할 수없는 무한의 가치란 뜻으로 차인의 주고받는 차 자리 정을 가치로 환산할 수 없이 아름다운 사랑의 정임을 말하는 무한의 뜻입니다.

,(점) – 시작이요. 첫 인연이요. 첫 만남이지요. 하나이고 모두입니다. …점을 연결하면 산이 되고 (인연) 선이 만나면 원이 되니 공이요 공은 우주로 모두가 가득찬 하나의 우주란 뜻입니다.

또 점은 부정적인 것에 점을 찍으면 긍정적이고 절망이 희망으로 바뀌는 것입니다.

모든 사물이나 인간 만사 우주가 점으로 시작되고 하나임을 점으로 이루어진 것이면 하나에 모두 있음입니다.

그러므로 차인의 마음은 하나같이 둥근 마음입니다.

웃음꽃 – 웃음은 마음의 꽃이랍니다.

고운 마음에 아름다운 마음에 피는 꽃이 얼굴의 미소입니다.

차를 좋아하고 즐기는 차인의 마음에는 언제나 미소를 머금은 모습을 상징합니다.

하얀 차 꽃 마냥 은은한 모습에 고고한 미소를 머금은 꽃, 사람들도 마음의 꽃 한 송이를 심어 향기로운 얼굴에 시들지 않고 향기로운 마음으로 간직하시길 바라는 웃음꽃 뜻입니다.

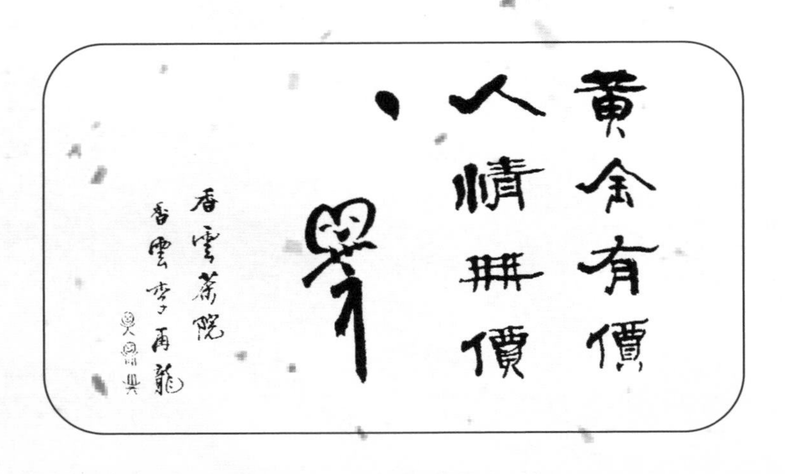

시인의 말.

난 오늘도 시간을 음미하며
길을 간다.
가끔씩 나만의 공간에서 자연이
주는 미상의 조화들을 하나, 둘
바라보고 듣고 느끼며 자연속에
오감을 담는다.
찻잔을 앞에두고 순간순간 심미안
으로 바라본 사물들을 글로 쓰다
보니 시가 되었네.
맑은 물들게 웃음꽃 향기로...
용기를 내어 군말을 남깁니다.
부족한 글로 삶의 향기를 같이
하고자 합니다.

감사합니다.

시인. 향운 이재용

* 목 차 *

* 목 차 *

* 목 차 *

* 목 차 *

낙엽들의 손길

목 놓아 울부짖는
나뭇잎 소리가 애처롭구나

기다려도 반기는 임
뿌연 안개에 가리고

좋은 모습은
찾아보기 어렵구나

낙엽들이 목말라 쳐다보아도
한 점 흰 구름만 흘러간다

귀한 비가 오네요

좋은 이, 싫은 이 모두에게 내리네요
노란 잎새 안고 떨어지는 가을비

비가 오네요, 기다린 임의 품으로
목메게 기다린 비가 오네요

산에도, 뜰에도, 은행나무 가로수에도
나의 가슴에도 내리네요

떨어질 낙엽에 곱게 몸단장하게
농촌의 길손들도 반기게 많이 오세요.

낙엽이 떨어져서

비 내린 오후
불어오는 바람에 뒹구는 낙엽

오고 갈 때 없이
바람길 따라 뒹굴기만 하네

행선지도 목적지도 없는
나그네의 길인 양

시간이 가면 밑거름이 되어
새싹 틔우겠지

오늘도 축축한 몸 이끌고
인연 따라 떠나리

아무런 미련도 없이
대지의 품속으로

올 가을은…

가나 봐
바스락 바스락 소리가 나네

예전 같으면
싸락싸락 소리가 날텐데

올해는 목이 말라
고개를 숙이고 힘없이 가네

예쁜 옷단장도 못한 채
떨어져 뒹구는 모습들

그나마 칠불사 앞 은행은
노란 치마를 입었네

운조루 앞마당
빨간 산수유는 고택을 지키고

사성암 찾은 불자들
원효대사 원력에 기도만 하네

그래도 간다
가을의 흔적만 남긴 채

10월의 마지막 밤

10월의 마지막 밤 달이
구름 속에 실눈같이 숨어 들고

산마루 앉은 달은
시름만 달래며 고개 숙이고

10월의 아쉬움 삼킨 채
별 친구 손에 손 잡고 노네

달 친구 아쉽게 보내고
창가에 앉아 찻잔만 기울인다

바위 틈에서

깊은 계곡 고운 바위 틈
생명을 잉태하고

태고의 긴 세월 숨죽인 채
고고히 풍기는 한 줄기 난 향기

우리가 배워야 할
멋이구나

만월

만월이 기울어
조각배 같은데

초이틀 조각배
풍운에 흔들리고

추웠던 설날
대지에 스며들어

여물어 가는 봄기운
앞산에 머물고

천왕산 자락
찻잎은 물만 오르네

잠에서 깨우다

나의 앞에 산 까치 앉아 울어
영춘화 노란 꽃 피우고

어제 내린 비는 앞마당 잔디
포근하게 나의 가슴을 데우고

앞들 들판에 품은 파란 보리
영롱한 옥구슬 머금고 꿈을 깨우네

나의 앞에 펼쳐진 무이산 은빛 실어
제월당에 푸른 기운 뿌리네

올해도 노루귀

늦추위에 긴 목
솜털 옷 입어도 춥다

고개 들고 찾아온 임
살펴도 바람뿐인데

이른 새벽같이 잠 깨어
봄소식 전하는데도

그 먼 곳 임은 아직 소식 없어
목메게 기다린다.

눈이 오네

오랜만이오
송이송이 오더니

잔디, 동백잎에
새하얀 꽃이 옹기종기

나부끼는 흰 나비
어디 앉을지 걱정이네

작은 흰 나비 품
그리워 기다린 지 옛날이라

이제라도 반갑고 고마워
흰 적삼 저고리 단장한다.

고마운 눈

하늘의 고요함에
내리는 사랑의 품이라

대지는 천상의 선물
따뜻하게 품겠다네

새하얀 솜이불 덮어 주니
엄마 품같구나

홍 목련

따스한 바람에
살며시 내민 얼굴

갑자기 날 시샘한
꽃샘추위

쌀쌀한 바람에
털 목도리 감쌌다

그래도 내 얼굴에
작은 멍이 들었다

우리 집 흰 목단

파란 가지에
솜털 옷 입은 색시

옷이 무거워
고개 숙인 임

어린 아기
작은 솜털 옷 바람에
고개 들고 있고

꿀벌이 찾아와 인사하니
솜털이 땅에 떨어진다

새벽에 일어나니

초저녁 사랑 고백하던
개구리는 잠들고

고요함 속에 들려오는
뻐꾸기 울음소리

모두가 자연이 들려주는
교향곡같구나

먼 하늘에 반짝이는 별들의
외로운 속삭임도

동편 천왕산 자락에 걸터앉은
외로운 달빛 그림자 지고

초승달과 같이 거닐던
길손도 없구나

여명이 밝아 오기 전 빨려드는
고요함만 가득하구나

지금 기다림

시간의 굴레 속에서
탈피 하는 것

소리도 없이 기다림이 있고
약속이 있기에

뭇사람들이 꿈을 키우고
또 약속을 하고

새로움에 취하여 피어나는 꽃같이
살며시 우리 곁에 와서

기다렸던 약속같이 맞이하니깐 좋다
오늘도 내일도 언제나 똑같이…

양귀비

목을 길게 하고 피었다

쌍 양귀비가 빨갛다 못해
진붉은 빛을 발한다

온 우주를 삼킬 듯
작은 정원에 불을 밝힌다

화려하지 않으면서도
아름다운 자태 그것…

솔국

아침에 일어나면
연지 바른 새색시같이 입다물고

한낮이면
바위 틈 사이사이 옹기종기 둘러앉아

불같은 빨간 입술
파란 하늘 보며 노래하네

밤이면 별의 속삭임이
자장가 되어 다소곳이 잠든다

지나간 자리

우연히 찾았던 인연에
실타래를 걸고

잎새에 물올라
파란 속삭임 들었지만

밤 새워 꽃 핀 자리
까맣게 멍들었네

아름답게 꽃핀 인연들
아픈 자리만 남기고

언제나 然하며 바라보니
본래 그 자리에 있네

춤추는 느티나무

바람이 부니까
홀로 외로우니까
태양이 뜨겁게 유혹하니까
부드러운 허리춤으로
흔들고 싶어요

너울거리는 내 모습
여인네 긴 허리를 내린 채
추고 있지 않나요

오늘도 내일도 부드럽게
사랑으로 보아주세요
춤추고 있을게요

풍경

추녀 끝 풍경을
가지고 오는 이 누구일까

잎자락 휘날리며
춤추는 이 누구일까

작은 물고기는
파란 호수에서 헤엄치고

가느다란 느티나무 가지는
춤을 추고

스쳐지나가는
부드러운 옷자락은

싸그락 땡그랑
풍경소리 울리네

사립문 옆에

8월 마지막 찔레꽃 너는 알지
지나온 시절 예쁜 줄 모르고

지나온 세월 따라
피고 진 꽃이지만

모습도 참 아름답지만
오늘은 고독해 보이는 구나

육십 세월 지나면서 맞이한 꽃이지만
사람의 인생도 너와 같구나

꽃잎 떨어질 때면 인생사 뜨거웠던
사랑도 썰물처럼 지나가는 구나

사람은 몸부림이라도 치며
매달려 보지만

꽃은 미련 없이
놓고만 가는데…

밤하늘 별들

아, 혼자 보기 아까운 것
속삭임도 혼자 듣기 아까운 것
야단법석 났네

크고 작은 것 모여 뒹구는
아우성 소리도, 아기 소리도
홀로 바라보기 아까운 밤이구나

캄캄한 밤 바라보며 듣는 별소리
제월당 옥수에 젖어
이슬로 내리는구나

찻잔에 피어나는 인동초, 당귀, 화차 향
저 별들에 스며들어
이 밤을 잠재우는구나

계절 (백로)

하늘에 달빛 맞은 구름아
별들의 속삭임 들리느냐

잔디밭에 뒹구는 은구슬 소리며
아침에 찾아온 가을의 냄새

먼 하늘 날아오르는 제비 날갯짓
모두 가을이 온다는 소리구나

자고 나면 앞마당 풀잎에
왔다고 아우성 소리치며

잎 떨어진 여름 라일락꽃에
호랑나비만 찾아드는구나

떨어지는 낙엽

병아리 작은 혀
마른 가지에 열렸다

찬바람 불어와도
세차게 때려도

긴 여정 참아
움트는구나

한 곳에 숨었다가
찾아오는 그 길인데

파란 잎사귀 영글어
온갖 꽃들 피고 지고

뙤약볕 더위에 자라나서
고개 숙여 익은 열매

찬비 내려 떨어지는 잎은
미련도 없구나

저녁 노래

연무에 가려진 들판 위에
연붉은 석양의 그늘이 지고

산자락에 걸터앉은 햇살은
아쉬움에 고개 숙인다

서쪽 하늘에 노을은
새색시 연지 바른 볼같다

시골집 뒷담에 군불 지피는 흰 연기가
피어올라 어둠을 재촉한다

숨었던 별들이 하나둘
캄캄한 하늘에 자리 잡는다

양귀비 씨앗

예쁜 꽃, 빨간 꽃 씨앗
자연의 품에 숨겼네

기다리는 임 찾아
언젠가 내 손 안에 안기겠지

동그란 열매집 안고
빨갛게 핀 예쁜 꽃 빛깔

태양이 질투하여
깊숙이 숨겨둔 씨라네

봄날

이른 봄에 젖은 밤
검게 물들어 버린 들녘
긴 여정 속 쉴 틈 없이
머물지 않고 내리는
봄날의 나그네

창 밖에 움츠린 작은 잔디밭
아무것도 가리지 않은 채
까맣게 멍든 홍목련

푸름도, 속삭이는 별들도
동트는 아침 흘러내리는
물주기 소리만 배어든
아침의 정적을 남긴다

외로운 늪으로부터 벗어나
새로운 삶의 영원한 아침을
깨운 차 향

나는 우주의 작은 몸
대지의 향기로
봄을 즐기련다

흔적

산 까치 울며 찾는
장미꽃 울타리

그대가 피워
아름다운 나그네 들고

창 너머 흰 구름
춤추며 사라진다

발효차 우린 향기
귓가에 여운 남기고

다 피고 지는 것
아름다운 내 마음은 꽃인데

떨어진 장미꽃잎은
지상에 흔적만 남기네

노란 외등

밝히리, 환상의 빛으로
별들이 떨어지는 날이면
장미꽃 울타리에
촘촘히 맺힌 작은 구슬을
아름다운 속삭임을 시샘해
바람이 불어 흔든다
못된 바람 나무라는 풍경소리
땡그랑 땡땡–
별들이 잠자는 밤이면
노란 등 불빛은 장미꽃을 품는다

장미꽃 모습

꽃이 있어 왔더니 떨어져 뒹굴고
아름다운 모습은 그 어디에도 없구나

바람 불고 비가 오니 초라한 모습이니
평소 아름다움을 자랑 말자

그냥 그 모습이라면
빗방울 쓰다듬어 청정한 모습일텐데

은방울 굴리며 뛰노는
떨어진 빨간 꽃잎들뿐이다

인생사 모두 떨어진 장미꽃같은 것을
다 놓고 나를 찾아 돌아보자

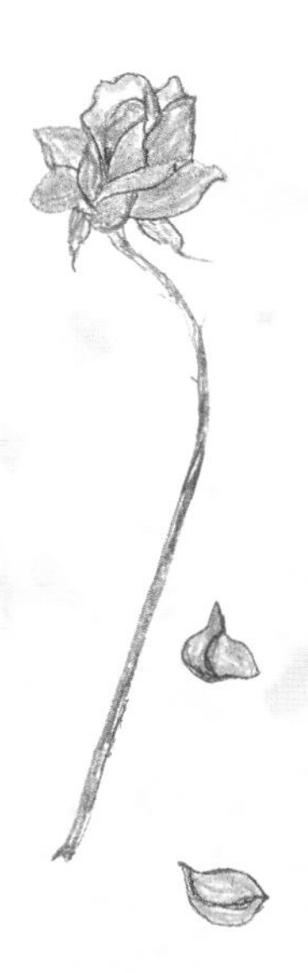

외로움

빗속에 심은 마음
고요가 찾아 든다

간혹 울리는 풍경 소리는
자연을 깨우고

산자락을 덮은 운무는
외로움을 누빈다

차향에 일어나
비단 폭에 파묻힌 나를 보니
그곳이 바로 마음의 자리다

행복한 인생

인생은 아름다워
나비처럼 날 수 있기에
마음의 날갯짓으로
어디에도 갈 수 있잖아요

아름다운 마음의
짓으로 살 수 있으니까
부드러운 바람같이
어디에서나 속삭이니까요

행복은 어디에나
숨어 있으니 찾아야죠
인생이란 길은
멀고도 짧으니 아름답죠

깨어 있는 이 순간이
가장 행복한 삶입니다

햇살

아침 햇살이 병풍처럼
울타리를 만든다

점점 짙어지는 나뭇잎
울타리에 태어난 난초꽃

고요가 잠에서 깨어난
제월당 마당에 한 마리 새

풍경 소리 우는 귓가에
나무아미타불 염불만 듣네

창 넘어 풍경화는 내 마음에
가득하구나

여기 한 잔 차 우려 놓고
저 풍경을 담아 본다

저 지혜의 울타리
햇살같이 밝히소서

가을 밤 하늘에

오늘은 활시위를 당기는
모양새를 한 밝은 달 날개깃 그늘에
별을 숨기고 여행을 떠난다

먼 들녘 황금빛 물결에
고요한 이슬을 품어
고개 숙인 잎사귀에 입 맞춘다

여물어 가는 사랑의 씨앗을 약속하며
서산마루를 지나는
그림자는 조용한 별들을 놀라게 한다

큰 별 작은 별 아기 별
모두 뛰어나와 아우성치는
소리에 놀란 별똥별
나의 머리를 때린다

허수아비와 새

날고 있는 참새야,
날 보고 있니?

난 네가 좋아 이렇게 두 팔 펼치고
기다린단다

나의 두 팔에 앉아 깊어가는
가을을 이야기 하자

익어가는 벌판에서
내 친구 소식도 전해 다오

먹기만 하지 말고
날 위해 노래를 불러주렴

난 햇볕도, 이슬도, 달빛도
너도 참 좋지만

별들이 속삭이는
밤에는 외롭단다

너는 내가 무섭겠지만
나는 바람이 불어야 흔들린단다

가을 노을

파란 하늘 아래 구름 덮어
태양 가린 채

태양의 뜨거운 열기는
구름 숲 잔가지에 가을빛을 새긴다

가을빛에 물든 하늘은
온통 붉은 낙엽으로 덮는다

떨어지는 햇살 산그늘 장막을 치며
가을빛 낙엽을 다 지운다

지는 달 아침

맑음이 있었다

밤이 오니 별들은
은빛 달 그늘에 숨었다

비단 이불 덮고
고요히 잠을 잔다

붉은 동녘의 햇살은
추위에 떨며 지는 달을

포근히 서산마루에
내려놓고

아침을 시작하겠다 한다

찻잔

찻잔은 마음을 담는다
놓지 않으면 가질 수가 없다

차(茶)란 마음을 비우는 방법을
가르친다

비워진 백옥의 찻잔에
따뜻한 인정과 마음을 담는다

찻잔은 인정과 사랑을 나눌 수 있는
마음의 그릇이다

가을 소리

낙엽이 속삭이는 소리를
나는 들었다

바람 스칠 때 풍기는
내음의 소리

자연의 품속에서 일어나는
생존의 숨소리

휘적이며 떨어지는
고요한 소리

낙엽의 아우성 소리에
들리는 그 소리는 뭘까

계절이 익어가는
마지막 향기의 소리

나는 오늘도 가을의
속삭임 소리를 들어 본다

낙엽이 뒹구는 모습

당신은 저 모습을 아는가?
길 잃고 뒹구는 생명들
온갖 돌부리에 부딪힌 모습
울긋불긋 피멍 들어 나부끼는
아찔한 슬픔을…

온 산천에 울부짖는
마지막 생명의 소리들
시간이 흐르면
모두 잊힌 채 돌아가는 걸
당신은 아는가!

차오르는 조각달

난 오늘도 창가에서 달을 바라본다
따뜻한 가을걷이 약차를 마시며
피어오르는 하얀 향기 속에
조각달을 띄어 본다

맑은 찻잔 속의 밝은 달과
흐르는 구름이 함께 있다
그 속에 나도 함께 있으니
고요가 달을 희롱한다

그러자 땡그랑하는 풍경 소리가
고요를 삼킨다
텅 빈 어둠과 고요 속에
저 달은 오늘도 혼자가 되었다

햇살

작은 바람 마당 안 장미 잎 흔들고
내리쬐는 햇살은 창틀 사이로 숨는다

따뜻한 차실 바닥에 그림 그리며
지나는 찬바람 간간히 풍경을 때린다

창가에 그려진 풍경은 자연을 품고
피어오르는 차(茶)의 향기는 코를 재운다

혼자이고 싶다

외로움을 느낄 줄 모르는 사람은
삶의 맛을 모르는 사람이다

외로움은 새로운 삶의
씨앗이기도 하다

외로움을 느낄 때
자신을 되돌아 볼 수 있으니까

되돌아봄으로 깨달음을 얻고
자기 자신이 누구인지 알 수 있다

외로워 보지 못한 사람은
다른 사람을 이해하지 못한다

첫 눈

흰 나비 떼 살랑 살랑
철모르고 고요함에 쌓이네

동백나무, 차나무에도
흰 나비 날갯짓하고

매화나무 가지 사이사이에
사뿐사뿐 지르밟고 안긴 무리

무심한 나무들은 통째로 내맡긴 채
그저 좋아라 하며 즐기기만 하는구나

흰꽃잎 하나 날개깃에 떨어져
잔디밭에 곱게곱게 쌓인다

노루귀

보송보송 머리 내민
귀여운 꽃망울 다섯

추운 겨울 견디어
늦게나마 찾아주는 친구

오늘 내일 긴 목 내밀고
봄 향기 피우겠네

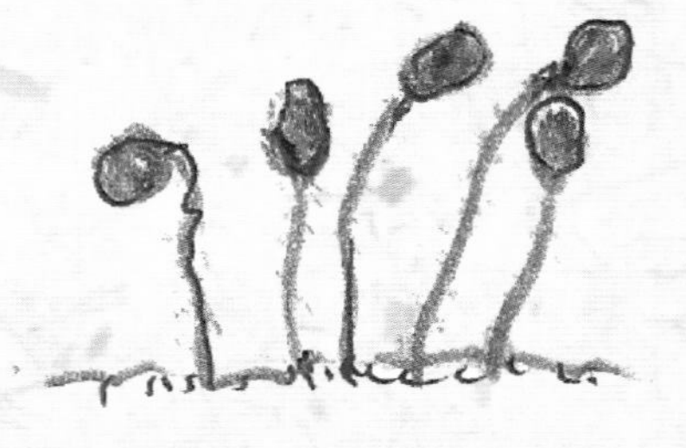

난(蘭)

부드러운 솜털 자루 속
한 송이 꽃을 피워

고요한 삶의 향기가
나의 마음을 울린다

한겨울 파란 삶을 살다
고요한 바람 향을 실어 나른다

목마른 대지

솔바람 비 실어와
제월당 노크하고
소곤거리는 이야기 속
대지를 적신다
기다린 임
이제사 찾아드니
한이 없다

짝 잃은 작은 새

오늘도 잔가지에
나홀로 앉아 시름에 젖는다

옛 고향 소식 잊어버린
전설 같은 작은 씨앗 쪼아 보지만

잊고 지낸 어린 시절
배고파 하던 그때

외로움에 그리움 찾아
지난 세월 그려보니

저 작은 새는 임도 잃고 자식 잃고
화살나무 열매에 홀로 찾아 머문다

아기 꽃

새록새록 잠든 꽃
봄바람에 깨어나 필까

살금살금 발걸음 옮기며 지나는
봄기운이 꽃잎에 부딪쳐

어느새 핀 작은 꽃
향기가 가득하다

연(蓮)을 영상하면서

천년 연옥의 색채에
빨간 입으로 단장하고 고운 옷자락
티 없이 피어나는 아름다운 모습
숨어서 간직한 향기
태양을 맞이하고
순결한 자태 당당한 얼굴
웃음 가득 순백의 향기가
우주를 삼킨다

봄비

또각또각 지붕골을 울려
고요를 깨우면서 작은 물방울 만들고

작은 가지에 맺힌
홍매화 봉우리에 살결 스치며

메마른 작은 당귀 잎에 입맞추니
향긋한 향기 빗물에 젖는다

촉촉이 내리는 단비
꽃 앵두 송송히 맺힌 자락에 들고

기다린 단비 가슴 속에 스며드니
봄기운에 물든다

무위산 자락에 운무가…

멀리 운무가 살금살금
봄 향기 싣고 방울방울
맺힌 댓잎 사이 노니는 소리

대지에 잠든 아기 풀
귓가에 아가야, 아가야
자장가 부르면

봄의 따뜻한 엄마 품속으로
웃음 띠고 일어나거라 하는
속삭임같구나

흐르는 작은 물줄기
노래부르며 맞이하는구나

간밤에 내린 비

창가에 예쁜 그림 남기고
방울방울 새겨 둔
사이사이 먼 풍경 그린 채
산언저리는 운무로 덮어 놓고
날아가는 학 한 마리 길 떠나고
먹이를 문 한 마리 새
전선줄에 앉아 시름하네

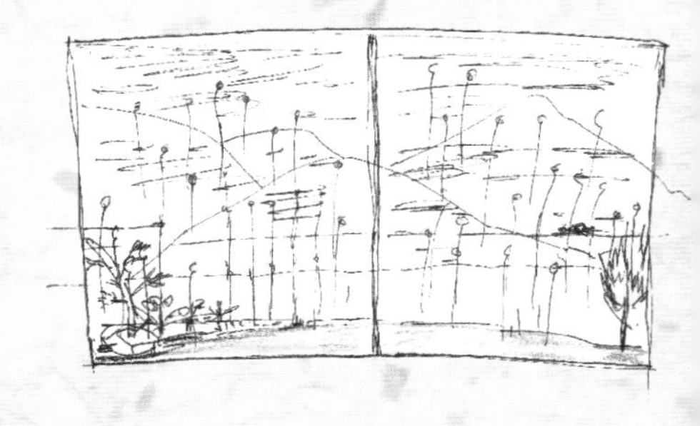

茶香

동그란 호수에 피어난 모습
하얀 연기되어 사라지고

호숫가에 피어난 아련한 모습
물결 속에 사라진다

깊은 곳에 숨은 모습
실바람 속에 피어나니

살곰달콤한 향기가
온 누리에 퍼진다

작은 공간

소슬바람 불 때면
그리움 지우고

비 내리는 날이면
따뜻한 차 한 잔

벗 삼아 옛 이야기
소곤거리고

피어나는 향기에
정이 솟는 그 얼굴

가만히 잡아 보고 싶은
연인의 숨결

아지랑이 피어나는 봄
어린 시절 뛰놀던 언덕바지에

모락모락 피어나는 향이
임의 내음이라면

긴 시간에 젖어
한 잔 차를 마시리

마음 공부

즐거움과 행복의 삶
슬픔과 외로움의 길

생동과 흥겨움의 삶
고난과 가난의 길

모두 같은 길인데
뭘 바라고 원하리

오르고 또 오르면
내려갈 길뿐인데

높고 낮음이
어디에 있으리

마음 곁에 있는 것이
모두 마음의 길인데

작은 소망

벗 찾아 모여
옛 이야기 나누며

한시름 놓고
달빛 아래 편안한 모임

차 한 잔 앞에 놓고
나르는 작은 새 한 마리

인생의 그림자 찾아
되돌아보는 쉼터

차를 좋아하는 벗의
즐거운 터전 되어 모여 들길

지나는 길목

따뜻한 햇살 마지막 시샘하듯
파란 나뭇잎 뒤흔들어 향기 지운다

작은 동산에 만발한 온갖 꽃
불어오는 마지막 봄바람

여름의 작은 틈새 속으로 나르는 향기
몸부림치며 움켜진 채 아우성치네

떨어지지 않으려는 꿀벌들의 극성
모두 여름의 무더운 길목에 선 채

오늘도 여름 기운 느끼며 찻잔을
들어 먼 산 바라본다

지나가는 시간들

흙냄새 풍기던 것이 어제인데
벌써 푸른 옷 갈아입은 들판에
안개비 사이로 백로가 날아오른다

무위산 자락에 너울지는
운무 사이 임 소식 전하는
백로의 날갯짓

오락가락 술래잡기 놀이에
이슬비로 옷자락 적시며
임을 기다리며 먼 산 바라본다

젖은 연꽃

장맛비 내리는가
멈춤인가 하네만

보일 듯 보이지 않는
가냘픈 소리 없이

분홍빛 작은 연꽃잎
이슬에 흔적 남기네

접연 1

씨앗 속 작은 생명
눈을 뜬 건 작년인데

한참 자고 또 일어나
작은 잎새 띄운 지 몇 달인가

어느새 피고 진 잎새 틈에
작은 접연 봉오리 내밀고

며칠새 외로운 꼬마친구
잠 깨워 딸랑 딸랑 손짓하니

파란 하늘 지붕 밑에
너와 나 형제구나

접연 2

긴 세월 한 살배기
물 항아리 깊은 세상

파란 잎 긴 우산대
어린 손 동갑내기

철모르고 자란 세월
이제야 철들어 꽃 피운다

연꽃 바라보며…

언젠가, 언젠가 하던
그 날이 오늘이다

바람결 흔들리는
온갖 나뭇가지 사이사이

치맛자락 폭에
살며시 흔들리는 모습

한 송이 빨간 연꽃 잎새는
바람과 다투고

선비처럼 곱게 입 다문 채
마시는 차 한 모금에 고운 향이 인다

낮잠

차 한 잔 끓여 마시고
자장가 같은 빗줄기 소리 베고 누워

비를 품은 구름은 무거운 눈꺼풀 자락을
들었다 놓았다 장난질 치고

큰 대자, 하늘 천 쓰고 지우는
비오는 오후 참 한가하구나

빨간 찔레꽃

폭염 속 곱게 핀 꽃
빨간 찔레꽃

소낙비 맞으며
눈물짓는 고운 모습

어려운 세상사 다 내려놓고
마지막 모습 지운다

황금 벌판

황금빛 비단 물결
온 벌판 너울지고

함초롬히 고개 숙인
성숙한 아낙네들

가을비 비단 옷자락
너울너울 물결 드리운다

겨울의 문

싸늘한 아침 바람
안개꽃 피고 지고

붉은 햇살 창가에서
미소 짓고 잠 깨운다

한낮에 불어오는
북풍에 옷깃 여미고

서산마루 붉은 노을
가을은 가고 겨울 꽃 핀다

가을이 오네

찻잔 앞에 두고바라보니
노을이 진다.

풀섶에 노니는 반딧불
풍경소리에 놀라 숨고

백로가 지난 잔디밭
은구슬만 뒹굴고

창가에 늦달이 뜨니
벌써 가을밤 깊어간다.

茶

茶라는 글자가 주는 의미 자체는
공존하는 우주와 자연과 인간
서로를 갈구하는 존재의 모습
우주의 기운과 땅의 기운을
인간이 가꿔 즐기도록
茶란 인간이 우주와 하나가 되는
정신을 갖는다

겨울 비구름

태산에 머문 구름
뉘 아쉬워 서성이는가

임 기다린 대지에
그대 발자취 남겨 두고

깊숙이 스며든 따뜻함
생명의 거름되어 마른다

눈발

제월당 소복단장
작은 임 잔디밭에
천왕산 베개 삼아
무위산에 누웠구나
누더기 옷 다 갈아 치우고
흰 비단자락 만드네

울타리

천상천하 작은 공간
온갖 풀꽃 자리 잡고
농막 제월당 앞마당 울타리 너머
한 폭 산수화 너울져
자연과 어울리고

노란 새 한 마리
화살나무 가지에 날아와
작은 열매 쪼아 먹고
울타리 사립문에 내려앉아
사랑 노래 부르며 인사한다

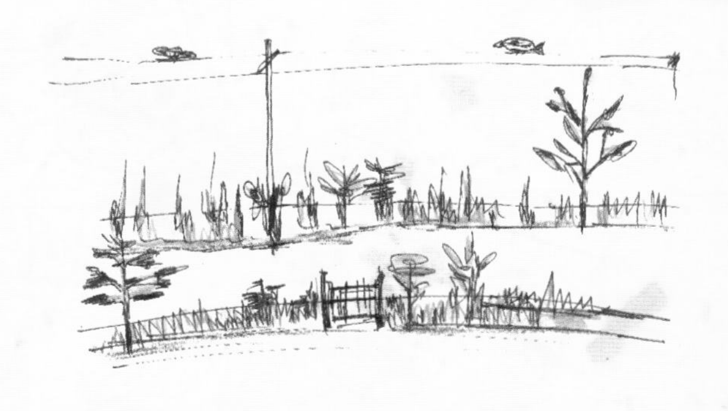

봄 꽃 심다

빨간 아기 장미 한 줄기
양지 바른 담장 밑에 심고
두 포기 허브는
앞마당 미니 정원에 심고
꼬마 풀꽃 숨바꼭질
파란 하늘 새벽별 같다

생각

눈가에 실 같은 주름
살며시 맴도는 입가의 미소

가물거리는 수평선 너머
피어나는 철 잃은 아지랑이

사이사이 찾아드는 눈 먼 얼굴
헤아려 보아도 셈이 되지 않는다

하나밖에 없는 달구지 같은
옛이야기 다 버리고

새로운 윤각을 찾아
화선지 속에 그리리라

땅심 돋우기

뭘 했나 싶으면 벌써 점심 때
배고파 하지 말고 조금만 기다리면
맛 좋고 질 좋은 밥 주리다

봄소식 실어 이 땅에
먼저 내려놓고 찾아온
임의 반가운 소식 듣게 하리다

약속의 땅이여
사랑의 벗이여
모두모두 벗되게 하리라

해우소

삼라만상 찾아온 임
차 향 차 맛에 젖어

천왕산 수태산 노랫소리
귓전에 뿌리고

단 맛에 앞산 물줄기
시원하게 흘러 가득하구나

고향 길

오라는 소식에
간다하니 마음 설레고

옛 벗 찾아 가는 발길
가슴이 뛴다

그리움 가득 싣고
옛 고향 길 나그네인 양

여러 모습 띄우며
웃음꽃 핀다

아쉬운 인연

우연히 시를 읽었다
좋은 시절 이미 다 갔지만

그대는 아실는지
화폭에 쓴 시가 새어나가

그리움도 향기처럼
마음을 적시는데

이 인연을 어찌할까
아쉬움에 마음이 어린다

파도

긴 여정 떠나온 이
끝도 없이 멀고 먼 곳

옹기종기 모여 살던
이웃들이 떠나온 먼 옛날

끝이 없는 찰싹찰싹 속삭임은
언제 끝날까

길을 나서면 여린 마음
옥 같이 맑게 피어나는데

저 물결은
이내 마음 모를까만

비록 표현 못한 내 심정이지만
한가로이 흐르고 흐르면

내 여린 마음
언젠가 말할 수 있을까

전신주

바람소리 빗소리
자연이 내린 평화

우주만상 모두 젖어
새 옷 갈아입고

구름 따라 흐르는 빗줄기에
작은 새 날개 적시니

전신주에 앉은 임 잃은 작은 새는
외로워 비와 함께 우는구나

비 온 뒤 제월당에

창가에 바람
평화롭게 손짓하고 지나가니

어디서 노랑나비 찾아와
인사하면 반긴다

흐르는 물소리
시원하고 맑게 들리는 그 소리

빨간 앵두 꽃 사이사이
말벌이 양식을 나르네

웅덩이 작은 개구리 사랑싸움에
연꽃잎은 수난만 당하고

떨어진 빨간 진달래 꽃
웅덩이에 빨간 물들이네

자연의 사랑 속에
모두가 평화롭기만 하구나

철쭉꽃

분홍빛으로 단장한
미인네 속삭임이 들리는 정원

다소곳이 바람결에
흔들리는 치맛자락 휘날리며

깊은 산 속 소복단장한
여인네 임 맞이한다

송죽

사슴 뿔 솜 털 송송
움켜진 작은 주먹

파란 풀 사이사이
힘차게 내민 순

5월 하늘 송구치는
한줄기 죽순

고개 숙인 장미

봄의 여왕 오늘은 고개 숙이고
다소곳한 속삭임 듣나 보다

토닥토닥 소곤거리는 빗줄기
나의 양식 실어 나르는 소리

여기 저기 인동초 꽃 사이사이
빨간 여왕의 모습 살피고

장대비 큰 소리에 놀란
청개구리 한 마리 뛰어내린다

내리는 비에 목 메인 빨간 장미
오늘은 숙연하구나

꽃과 나비

너와 나 하나임을 너희들은 알겠지
아름답고 평화로운 자연 속 움직이는
모두 각자 본성으로 살아있는 우주

너와 내가 어디에 있는지
뜬구름 같은데 연 따라 왔다가
인연 따라 간다면 망설일까

꽃을 하나 둘 바라보면 어딜 봐도
수줍은 없이 그대론데
인간은 감추고 모두 바꿔 놓았다

한 마리 나비 찾아와 인사하며
입 맞추고 가도 내놓으라 하지 않고
세월 따라 피고지고 열매 맺는데

우리도 무명의 그늘 다 지우고
무상함만 탓하지 말자
꽃과 나비처럼

생명이 있기에

보아라, 작은 꽃 하나
가지에 의지한 채 편하다 하는가

매달린 가지에 병든 꽃
시들어 목숨이 다해 떨어진 잎

가을에 버려진 낙엽처럼
앙상한 가지만 사랑하고 즐길 것인가

사람 늙어 바른 법을 모르면
한낱 나뭇잎 같은 인생사

지혜롭게 즐기며 자비롭게 살진데
뭘 망설이고 자만만 하는가

쉴 새 없이 흐르는 시간은
아무도 잡지 못하는데

떨어지면 지는 건데
저 한 송이 꽃이라 다르겠는가

움켜잡은 가지 혼자 흔들리겠지
외로운 자비심 심어주고 가렴

쉼터

기다리는 임 있어
찾아가는 이는

오늘도 내일도
즐거운 쉼터

나 홀로 가네만
반기는 임은 말없이

웃음 띠고 언제나
사랑의 무언으로 반기네

가을 장미

메마른 대지 숨죽인 채
기다린 지 오래라

지붕을 때리는
요란한 아우성 소리에

선잠 깨워 일어나니
낯선 손님이 왔네

마중 나와 문 열고 반기니
고개 숙인 가을 장미 더욱 반가워라

모처럼 내린 소낙비에
젖은 가을 장미

천상의 놀이터(제월당)

자연이 준 나의 터
부처님이 내린 큰 선물 가꾸리라

갖가지 온갖 나무
풀꽃 동산 만들어 손님 반기리

흐르는 개울물 소리
옛 벗 새 벗 모두 찾는 쉼터로

자연이 준 공간에서
무념무상의 창으로

저물어 가는 석양의 아름다움 바라보며
긴 세월 벗하리

세월 같이 하는 어둠이 갈리는 밤이면
작은 불빛 속에 임을 찾고

이슬 내리는 밤이면
임 그리는 한 편의 시 드리우고

고요한 밤이면
별나라 달나라 찾아가리라

구애 받지 않는 천선의 놀이터에서
차 한 잔 하리라

제월당 : 경남 고성군 상리면 천왕산 자락, 천상의 놀이터임.

천왕산 제월당

천왕산 푸른 차밭
제월당 차 향기가

와룡산 민제봉에
산신령 청하오니

수태산 문수보살님
덩달아 이르네

천왕산 제월당에
차 향기 가득하니

민제봉 등산객이
차향에 젖어들고

수태산 등산객들
차 향기에 취하네

매화

영롱한 작은 세계 향기로 가득하다
긴 세월 고난 속에 풍기는 온갖 자태
마음 깊은 가슴에 한 송이 꽃 피운다

청매 꽃 작은 잔에 띄우니 향기 가득
바람결 호수 위에 운화가 춤을 추고
찾아든 나비들 추억을 쌓아 향수에 젖는다

수줍은 빨간 얼굴 새색시처럼 다소곳이
실바람에 머리카락 흔들며 향 나르고
웃음 띤 붉은 입술에 봄 향기 뿌린다

잔설 속 임 실어다 꽃동네 만들고
홍매화 청매화 향 젖은 소리 객들
설화를 찻잔에 띄우니 섬진강변 넘친다

색동 옷 입은 어린동무 추위에 떨고
꽃향기 나르는 아낙들 가슴에 피어
옛 고향 찾아 이르니 내음만 가득하다

제비꽃

가난한 살림살이
긴 세월 지새우고

언젠가 피웠는지
아무도 멋모르게

눈 맞춘 오늘에야
새하얀 제비꽃이네

장마철 들녘

운무에 가려진 산
여인네 살결같이

치마 폭 언저리에
드러난 푸른 자국

들녘에 장맛비 재촉하는
개구리 울음 소리

새싹

어둡게 숨어 있던
씨앗을

이제야 작은 잎 주인 찾아
귀한 몸 드리우고

생명의 아우성 소리가
국개골에 퍼진다

장맛비

차 잎에 맺힌 빗물
그윽한 향기 실어

나의 손 끝자락에
스며든 작은 미소

긴 시간 무더운 날
소낙비에 잠든다

천상의 선물 (눈)

분별심의 세상
온통 흰색으로 단장한 채

멀고 먼 모두가
백옥 같은 화선지

무언의 손놀림으로
사각사각하는 감촉

너울져 나르는 옷자락 깃은
다른 세상 만들어 놓고

여기 저기 뒹구는 무아의 동무
지혜의 꽃 피어 하나가 된다

즐거움의 길

즐거움과 행복의 삶
슬픔과 외로움의 길

생동과 흥겨움의 삶
고난과 가난의 길

모두 갈 길인데
뭘 바라고 뭘 원하리

오르고 또 오르면
내려갈 것이 길인데

높고 낮음이 어디 뭐 있으리
마음 곁에 있는 걸
공한 마음의 吉인데

12월의 마지막 떡갈잎

산야에 한숨소리
긴 여운을 깨고

맘결에 찬바람
가슴 여민다

떡갈나무 상처에
눈물 적시고

이내 맘은 바람결에
무심도 하다

찾아온 등산객들의
마음만 아프다

산야에 펼쳐진 낙엽의
아우성 소리

무지한 인간들은
이 깊은 상처도 모르고

찬바람은 이미 겨울인데
못내 아쉬워진 마지막 잎새

저녁노을

태양이 서산마루 태우니
흰 구름 붉게 타오르고

자욱하게 스며든 구름
파란하늘에 연 띄어 놓아

총총히 뛰노는 별의 향연
이 밤 적시니

차 한 잔 그리워
찻그릇 헹구는 손길

저 하늘에
이내 맘 새긴다

차의 맛

그대 하얀 달빛으로 날아가
내 맘 설레게 하더니

차디찬 가슴에 연녹색 띄우고
코끝으로 다가오는 따스한 향

혀끝에 향 실어 색 띄우니
오미가 감돌아 온몸에 흐른다

별들이 속삭이는 해변

일지 않으면서 너울거리는 속삭임
간간히 들려오는 밤 사랑 찬가
보이지 않으면서 보일 듯, 보일 듯이
별빛 그늘에 숨은 미소
멀리서 반기는 불빛 속 너울 속에
밝게 피어나는 작은 별 하나
깊은 심해의 너울에 젖어
조약돌 가르는 젊은이들의
발아래 내린다

丁亥年

살며시 수줍게 떠오르는 태양
어리고 어린 새색시 같은 이

붉게 물든 미소로 삼라만상을
고요 속에서 일깨우는 순간

운무가 잠재우려하지만
큰 얼굴 활짝 웃으며 피어나니

온 우주가 살아나 함성의 세계로
희망과 소망이 어우러지는 한순간

너와 나 아무도 모르는
하나의 소리다

눈 내리는 날에

춥다
바람이 불고
구름이 밀려온다

한 송이 눈발이 내린다
기분이 좋아진다
대지가 하얀 베일로 쌓인다

강아지가 좋아서 뛴다
어린아이의 소리가 들린다
눈이다, 눈

천상에서 내리는 한 점이
앙상한 가지에 앉으니
포근한 솜털 같은 꽃이구나

질매섬

바람결 향기
갯내음 싣고
푸른 파도에
은빛 눈을 삼킨다

질매섬 질매등
인동초 봄 향기
여인네들의 속삭임
수평선을 적신다

달맞이 차연(茶宴)

동편 산자락에
걸터앉은 달은

용효정 연꽃에 반하여
뜨지를 못하고

달맞이 하는 찻꾼들은
애타게 구름만 찾는다

심오한 차향

잃어버린 시간
진실의 맛을 찾은 향

살며시 콧등으로 스치는
안개 같은 쑥 향

찻잔에 녹아
멈춰 버린 푸른빛

가슴을 녹이는
진한 한 모금의 차

먼 산 바라보며
잃어버린 기억만 일깨우고

뜰 앞에 넘쳐나는 향
안개꽃 구름 되어 흐른다

무심함

스쳐 지난 세월 허한데
너와 나 모두 다투며 살아가고
풍요로움도 즐거움도 모두 지우는데
훨훨 휘날리는 먼지 털고
모두모두 놓아버리면 가벼운 것을…
뭘 잡고 시비하고 그림 그리는가
너와 나 모두 지닌 그림자뿐인 걸

찻물 끓는 소리

피어나는 하얀 물의 미소
혼자 앉아 먼 시야 바라보며
대지에 펼쳐진 고요함

지난 한 해의 여백에
홀로 앉아 내 모습 담아 보면
인생의 지난 아름다움 즐겨 찾을 때

참 삶의 좋은 인연들
길동무 되어 차 한 잔의 향에
젖어 볼까 합니다

바람이 부는 날

바람이 불어 춥다
산골짜기 맑은 물줄기 얼었구나

미리 찻물을 준비하지 않았다면
맛좋은 차 향기 풍기지 못했겠구나

바람결에 이 향기 실어서
저 조각달에 보내리

차인(茶人)의 순결

차인은 놓아 버릴 줄 알고
한없이 부드러울 줄 안다

차인은 풀 한 포기에서 대자연을 읽고
하늘에 떠 있는 구름 한 조각에서
인생을 듣는 자

茶란 글자는 어떻게 생겼는가
풀(草)과 사람(人)과 나무(木)가
들어 있는 것

생활의 발견은 자아의 발견이며
사람은 가운데서
자연을 벗어 날 수 없고

차인은 풀과 나무 대자연 속에서
조화를 이루는 자연의 순리 속에서
더불어 사랑하고 즐겁게 생활하는 것

아무도 나를 알아주지 않아도 탓하지 않고
한 포기의 난같이 은은한 향이 풍기는
멋을 아는 사람이다

차인은 꾸밈없이 그만의 향기로
생활 속의 향기가 나는 사람이다

달무리

뿌연 하늘 작은 별 숨어
뛰노는 널따란 운동장
원을 그린 달무리 안에
초승달은 외로워
임 찾아 먼 길 떠나네
서산마루 한 점
구름 밑 저 넘어
따뜻한 집 찾아서

질매재 밤 길

초승달 벗 삼아
질매재 홀로 넘어

흘려드는 불빛에
작은 별 그림자 지고

요란한 소음에 아기별들
잠 깨어 울부짖네

고달픈 엄마 손길
길들이는 고운 소리

자장가 되어
적막을 삼키네

다완

황금빛 다완에
연옥빛 꽃 송송히 매달고

차 향기 제월당
고요히 스며드니

귓가에 들리는 향기
온 누리에 퍼지네

봄기운(春氣)

산마루 실낱같은
춘설이 내 흐르고

어디에 울부짖는
청매화 웃음 들어

귀 기울어 살펴보니
매 향기 콧등 위에 머무네

초승달

어린 아기 손잡고
아장아장 걸음마 하고

길 잃을까 봐
작은 등불 밝혀 들고

먼 길 떠나는 아들 딸
새 희망 찾아가네

작은 배 띄어 놓고
기다리는 뱃사공

작은 호롱불 밝혀 놓고
초막집 술 따르고

기울어 가는 초승달은 길잡이 잃고
서산마루에 머물고 있네

노루귀

추위도 모르고 옷도 없이
기다란 몸매 드러낸 채
작은 미소 짓고 있다

양지 찾아 앉아
빨간 입술 드러내고
임 기다린다

작은 새 봄 노래 듣고
철모르고 피어난
작은 꽃

옷도 입지 않은 채
무엇이 그리 바빠
추위에 떨면서

무얼 바라보느냐
긴 세월 기다려
꽃 소식 전한다

봄기운

어느새 봄이 왔었나 보다
보이지 않는 곳에서 새싹과 꽃이
아지랑이 피어오르는 신기루
가까이에서 볼 수 없는 마음으로
아련한 물결 뒤 잠잠한 파도
조약돌 속삭임 듣는 바다
언제나 감싸 안은 물의 사랑
물은 변화지 않은 채
조약 어루만지며 사랑한다
항상 남쪽 봄기운 가득 안고

꽃 한 송이

훈풍이 밀려오는 남녘
실바람에 실려 오는 그 향기
그 누가 이 아름다운 향기를
맡을 수 있을까요

아~ 그 향 가득 밀려오는 소리
나 혼자 가만가만 듣고파
귀 기울이니 소곤소곤거리는
따스한 기운, 온유한 빨간 꽃 한 송이

달집을 태우면서

운문에 가려진 달 찾아
까만 눈동자 헤매고
온갖 정성 다하여 만든 달집
온 소원 간직한 둥근 달 찾아
두 손 모으고 각자 소원 염(念)하니
흰 연기 검은 연기 불꽃 솟아
모든 소원 성취 이루려고
높이 높이 날아간다
모든 액운 다 태우고
높은 곳의 달님은 소식 없지만
먼 산 위에 숨은 임 바라볼 뿐이다
만나지 못한 마음 아쉽지만
가슴 속에 그려보며 간직한다

세월아

햇살이 창가에 노크하니
시작이구나
고롱새 전신줄에 앉아
설익은 포도 알 서리하여
엄마 새 아기 새 나눠 먹고
아기 새가 클 때면
저 포도 익어 여름이 오겠지
저녁노을 서산에 인사하니
하루가 또 진다

인생의 흔적

동백꽃 아름답다지만
당신만 할까
겨울에 핀 바닷가의
진 붉은 동백 아름답지만
어려운 삶의 주름만큼
아름다울까
향기가 있는 삶의 울타리에 핀
주름의 꽃만큼이나 향기가 나는
인생을 살아 보자

햇 연꽃차

수다스럽게 연대 준비하고
며칠 전 만든 연꽃을
연대에 띄우니 아름답구나

따뜻한 연꽃 물에 차 띄우니
연 향기 녹차 향기 방 가득하고
찻병에 분홍색 서양 난으로 멋 부리고

연차에 주고받는 다담 속에 젖어보니
옛 고향 맛을 찻잔에 가득 담아
벗들에게 전하니 그 맛 한량없구나

고난의 아름다움

냉해 입은 찻잎 속에
솟아나는 작은 주둥이

추위를 견디지 않고
그 맛을 알 수 있을까

찬바람 불고 흰 눈 속
추위를 맛보지 않고

매화의 잎 자락에서
향기를 풍기겠는가

一苦의 맛을 모르고
그 맛을 다할 수 있을까

가을 메시지

가을이 가만가만
곁에 왔다

파란 하늘 고추잠자리
임 소식 실어 나르고

코스모스에 닿는
가냘픈 손길

가을 향기는 눈가에 뿌려
찻잔 안에 가득하구나

새벽에 바람이 부니

바람이 부니
모두가 흔들린다

몸도 흔들리니
내 마음도 흔들릴까

솔나무 가지가 흔들리니
깊은 뿌리도 흔들릴까

모두가 흔들거리니
흔들리는 것 같이 보일 뿐

내면의 세계는 고요하고
흔들림 없다

다만 보이는 것들이
흔들릴 뿐이다

행복을 가장 느낄 수 있는 순간

분열되고 흩어지는 마음이
하나로 모아지는

그 순간이 바로
행복을 느끼는 순간이다

어떠한 조건도 필요 없이
바로 지금 이 순간

모든 것이 하나가 될 때가
가장 행복한 순간이다

인연

길 가는데 불러도
돌아보지 않는데

우연히 옷깃 스쳐
연(緣)의 실타래를 걸고

떠나는 길가에
손 흔드는 마음으로

지나간 먼 길
되돌아 오르니

가슴에 심은 나무
언제나 꽃이 필까

차꽃

언제인가 했는데
하얀 차꽃이 인사한다

잡초에 시달린
긴 여름 힘겹게 자랐구나

가뭄에도 가지 사이사이
열매는 가득하고

모처럼 차꽃 가지 하나로
찻방의 분위기를 살린다

기다림

짧은 시간 일분일초가
다리 위를 달리는 인생의 삶을

아름답게 수놓아 채색하는
화폭으로 공간을 채우고

갖가지 색깔로 긴 시간동안
그림을 그린다

새로운 인생의 폭을
만들어가는 시간들 속

상상의 나래가 아닌
진짜의 초바늘 아래

기다림이란 미풍에 실려 오는
춘훈(春薰)을 콧등에 실어 놓고

비워진 화선지 위에
아름다운 기다림을 펼친다

작은 우주

파란 우주의 봄기운이
대지를 어루만지면
되살아나는 따스함을 마시고

움켜쥔 주먹에 힘을 주고
고개를 들면 솟아오르는
새 생명의 싹

태양이 베풀고 대지가 감싸 안은
품속에서 자국 하나의 티를 남기며
살아나는 새로운 삶

엄마의 따스함을 어루만지듯
봄바람 향기가
온 우주에 가득하다

티

아– 살아 숨쉬는
파란 하늘 끝의 티

만지작거리고 싶은
손 끝자락 감도는 정

두 개 뿐인 작은 생명줄
아기 손끝에 사랑 깊고

어루만지면 익어가는
사랑의 손길의 티

생강나무 꽃

창 틈새 빛 하나
어느새 찾아와 아지랑이 만들고

화병에 피고 지는 생강나무
노란 꽃 어루만지네

큰 방 작은방 문틈으로
인사 나누고

물 끓어 차 우려
입 안 가득 머금으니

노란 꽃 향이
코끝에 비비네

밤 소동

별과 달을 삼켜버린 구름
고요함이 숨어버린 밤의 소란
들판의 난장판은
자연의 하모니
무수한 개구리의 멜로디는
사랑을 부른다

장미의 죽음

자연이 부른다고
찾아왔다

가시 사이사이의
파란 잎새

곱게 자란 붉은 꽃잎
동그랗게 맺힌 방울들은

빨갛게 피어나
나비, 벌 유혹하더니

어느새 시들고 늙어
대롱대롱 매달렸다

떨어트리고 가려 해도
잡고 놓지 않는 모습은

마지막 장미의
죽음이다

나는 끝자락에 매달린
눈물 흘린 흔적을 지웠다

찻물 끓는 소리

이재용 시집

초판 1쇄 : 2016년 1월 20일
지 은 이 : 이재용
펴 낸 이 : 김락호
디자인 편집 : 한지나, 이은희
기 획 : 시사랑음악사랑
인 쇄 : 청룡
연 락 처 : 1899-1341
홈페이지 주소 : www.poemmusic.net
E-Mail : poemarts@hanmail.net

정가 : 12,000원

ISBN : 979-11-86373-26-2